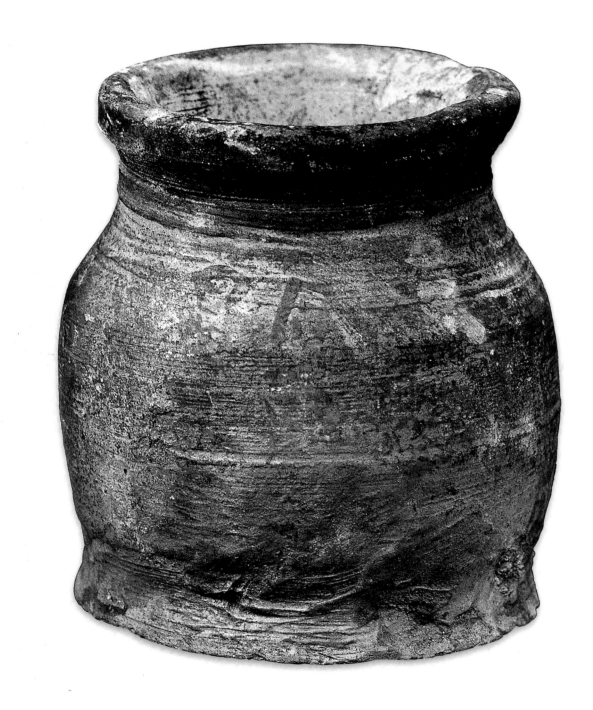

晋·纪年瓶书作

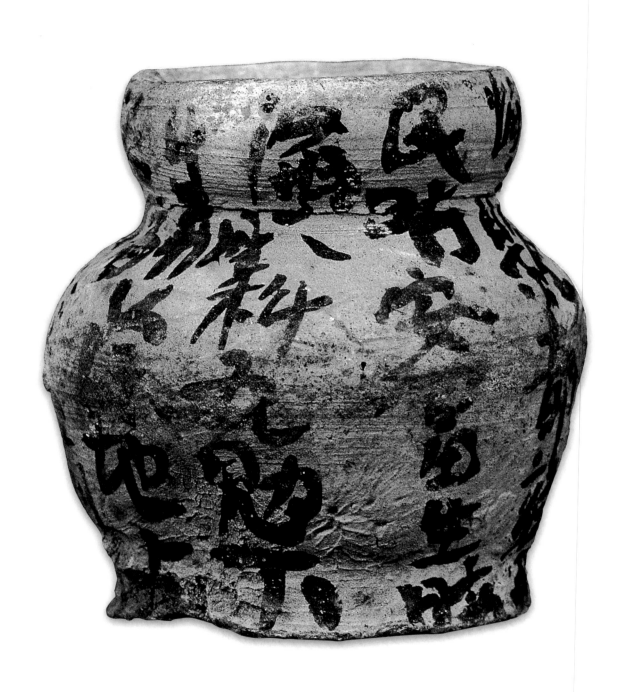

晋·纪年瓶书作

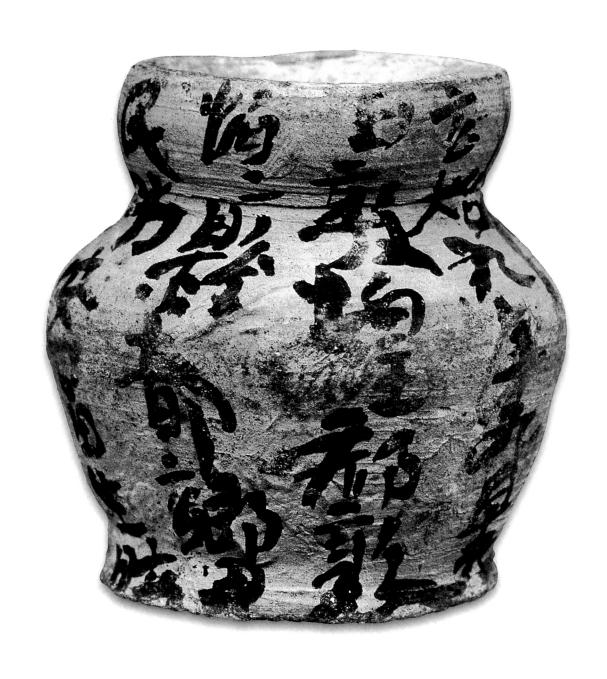

晋·纪年瓶书作

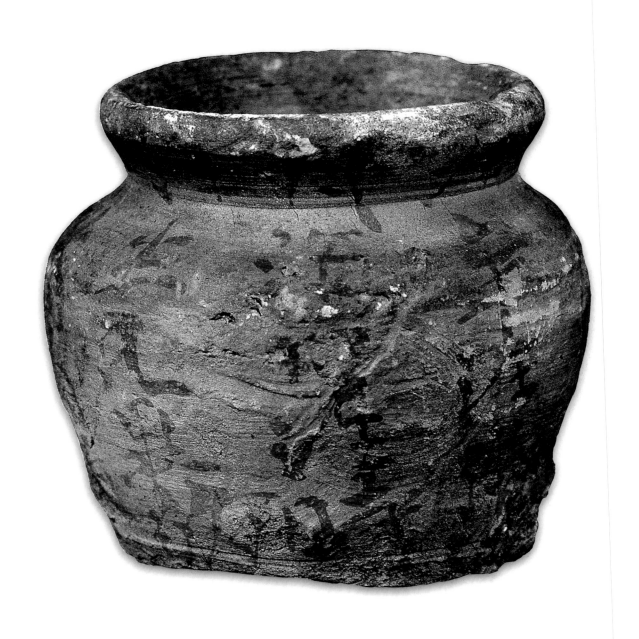

晋·纪年瓶书作

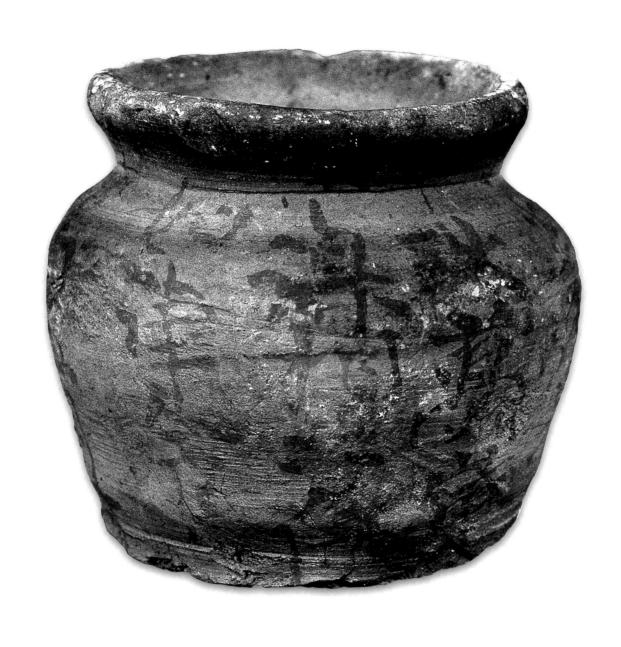

晋·纪年瓶书作

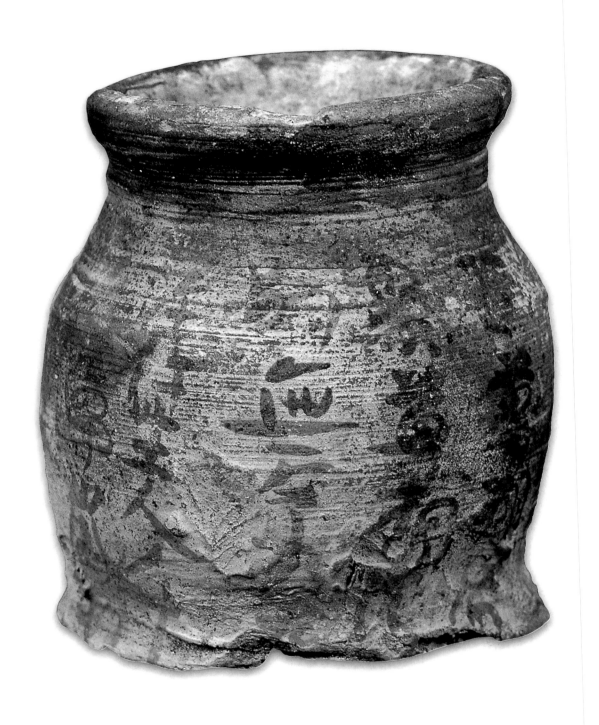

晋·纪年瓶书作

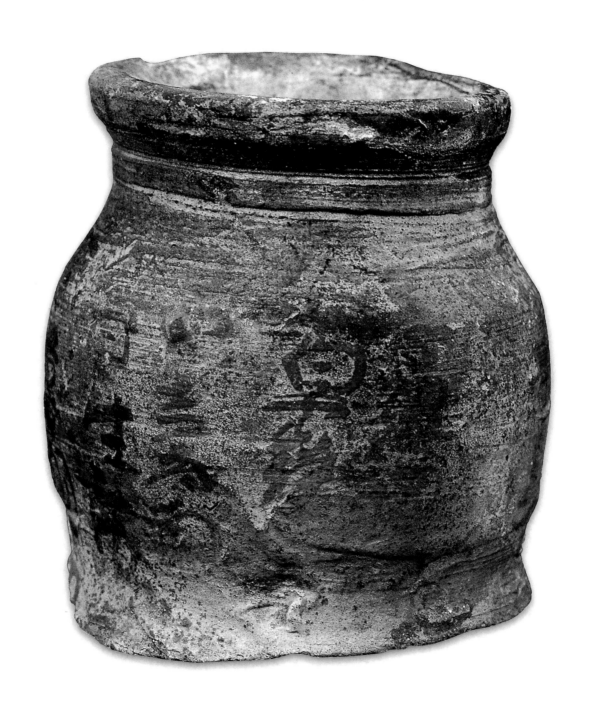

晋·纪年瓶书作

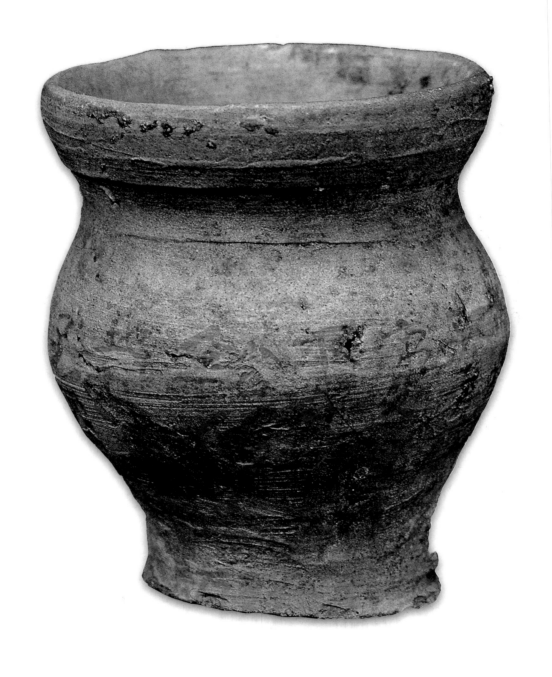

晋·纪年瓶书作

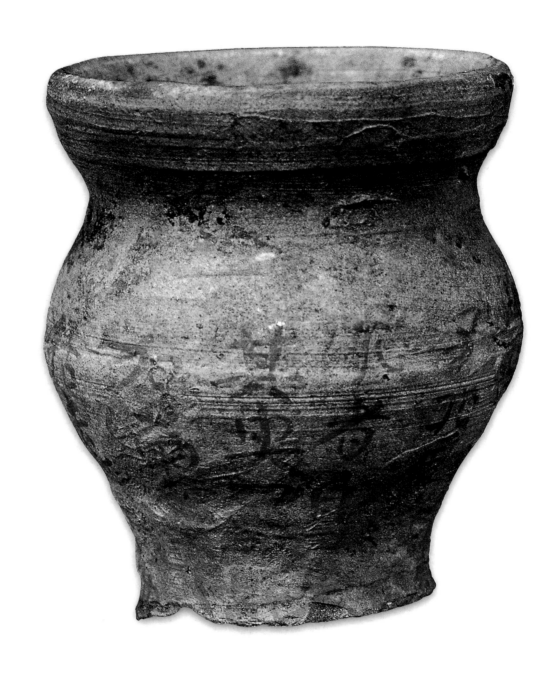

晋·纪年瓶书作

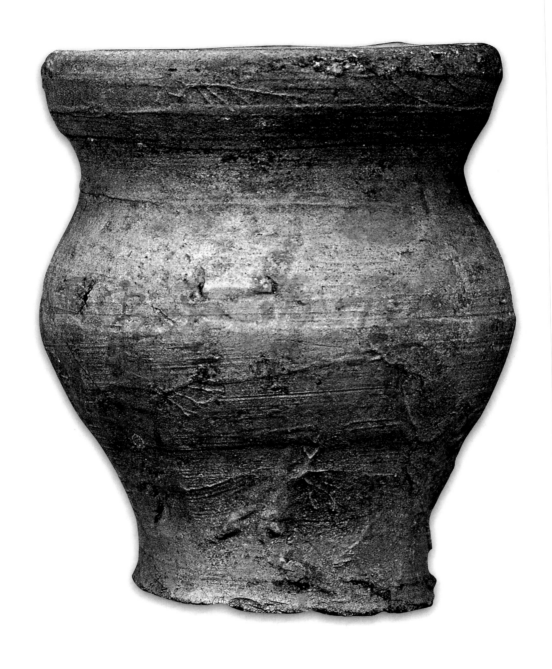

晋・纪年瓶书作

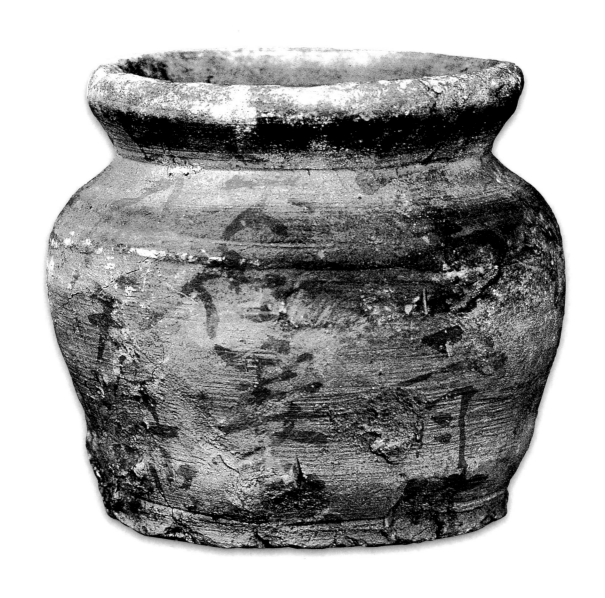

晋·纪年瓶书作

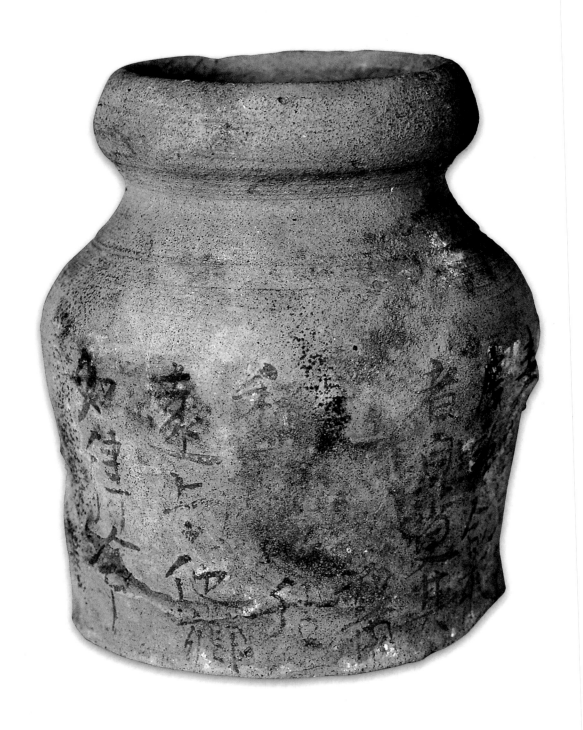

晋·纪年瓶书作

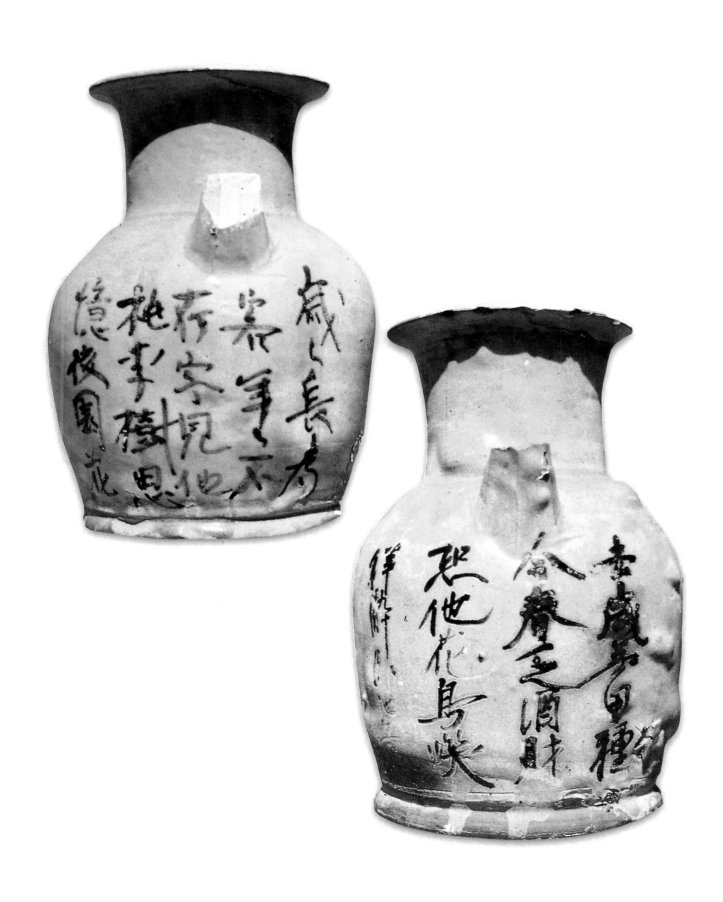

唐·《岁岁长为客》诗　　　　　唐·《去岁无田种》诗

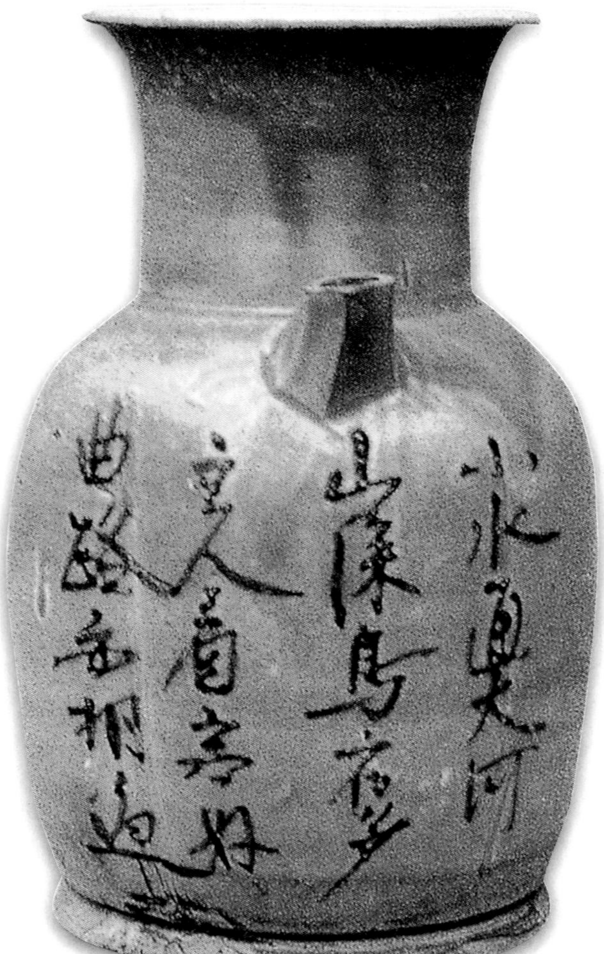

唐·《小水通大河》诗

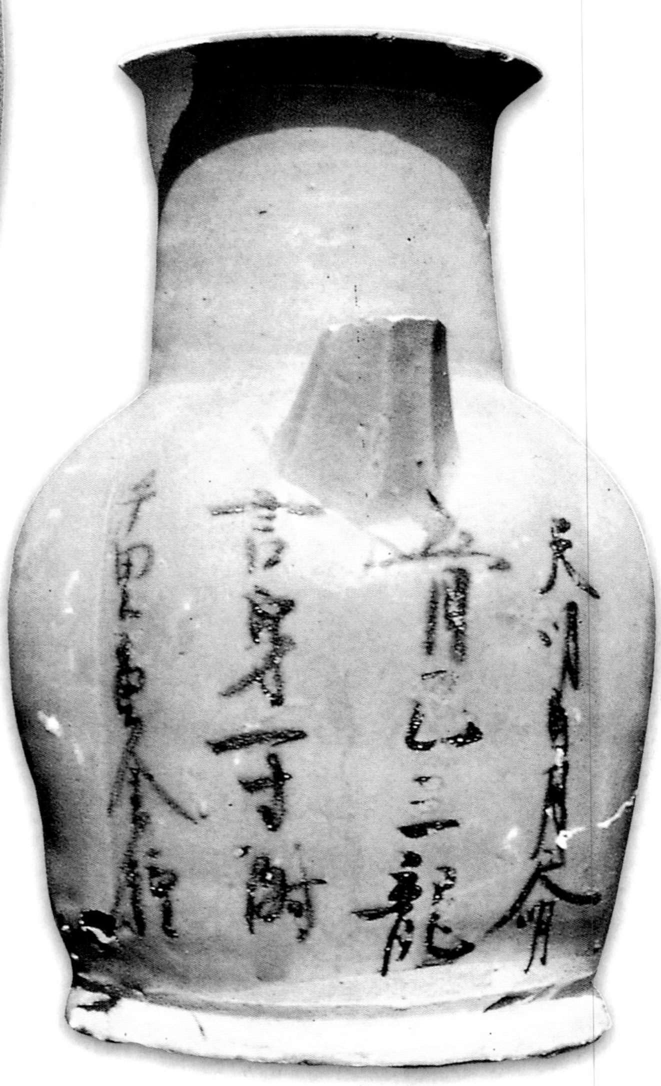

唐·《天明日月奣》诗

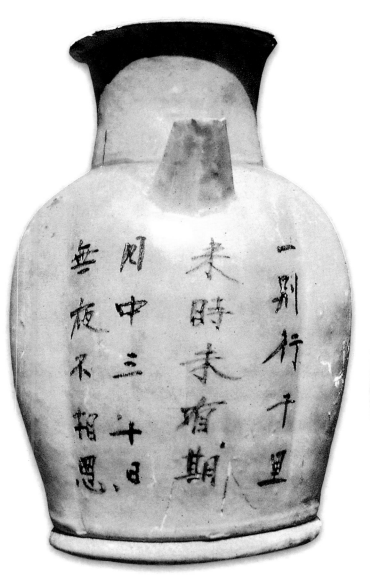

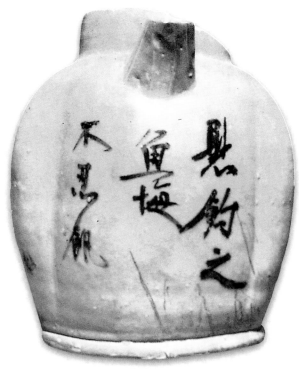

唐·《一别行千里》诗　　　唐·《悬钓之鱼》诗

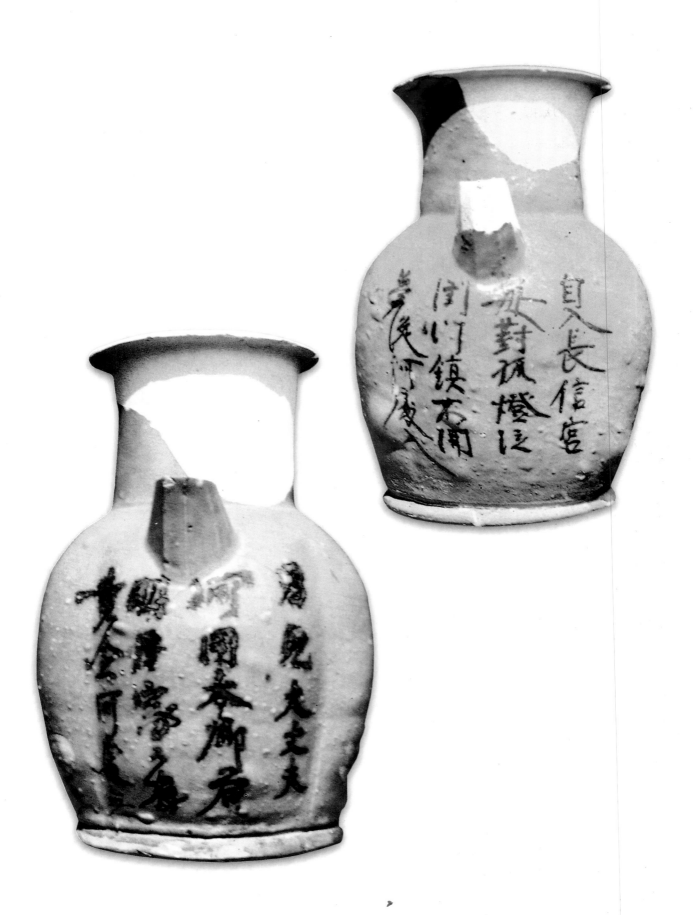

唐·《男儿大丈夫》诗　　　唐·《自入长信宫》诗